EL FANTASMA
DEL DOCTOR TUFO

<u>M</u>

Bat Pat. El fantasma del doctor Tufo
Título original: *Il fantasma del dottor Muffa*
Publicado por acuerdo con Piemme, S.p.A.
Adaptación de la portada: Random House Mondadori

© 2009, Edizioni PIEMME, S.p.A.
Via Galeotto del Carretto, 10.15033
Casale Monferrato (AL)-Italia

© 2009, de la presente edición en castellano para todo el mundo:
Random House Mondadori, S.A.
Travessera de Gràcia, 47-49. 08021 Barcelona

© 2009, Ana Andrés Lleó, por la traducción

Proyecto gráfico de Laura Zuccotti y Gioia Giunchi
Texto de Roberto Pavanello
Diseño de la cubierta y de las ilustraciones de Blasco Pisapia y Pamela Brughera
Proyecto editorial de Marcella Drago y Chiara Fiengo

D.R. © 2013, Random House Mondadori, S.A. de C.V.
Av. Homero núm. 544, col. Chapultepec Morales,
Del. Miguel Hidalgo, C.P. 11570, México, D.F.

www.batpat.it
www.battelloavapore.it

International Rights © Atlantyca S.p.A., Via Leopardi 8, 20123, Milán, Italia.

Primera edición en México: marzo de 2013

www.megustaleer.com.mx

Comentarios sobre la edición y contenido de este libro a:
megustaleer@rhmx.com.mx

Todos los nombres, personajes y referencias contenidos en este libro, *copyright* de Edizioni Piemme S.p.A., son licencia exclusiva de Atlantyca S.p.A. en su versión original. Su traducción y/o adaptación son propiedad de Atlantyca S.p.A.
Todos los derechos reservados

ISBN: 978-607-31-1483-7

Impreso en México / *Printed in Mexico*

BAT PAT

EL FANTASMA DEL DOCTOR TUFO

TEXTO DE ROBERTO PAVANELLO

montena

¡¡¡Hola!!!
¡Soy Bat Pat!

¿Saben a qué me dedico?
Soy escritor. Mi especialidad son
los libros escalofriantes: los que hablan
de brujas, fantasmas, cementerios...
¿Se van a perder mis aventuras?

LES PRESENTO A MIS AMIGOS...

REBECCA

Edad: 8 años
Particularidades: Adora las arañas y las serpientes. Es muy intuitiva.
Punto débil: Cuando está nerviosa, mejor pasar de ella.
Frase preferida: «¡Andando!».

LEO

Edad: 9 años
Particularidades: Nunca tiene la boca cerrada.
Punto débil: ¡Es un miedoso!
Frase preferida: «¿Qué tal si merendamos?».

MARTIN

Edad: 10 años
Particularidades: Es diplomático e intelectual.
Punto débil: Ninguno (según él).
Frase preferida: «Un momento, estoy reflexionando...».

¡Hola, amigos voladores!

¿Les han salido alguna vez en la cara esos fastidiosos granitos rojos que los hacen parecer un sapo con sarampión? Seguro que sí. Tal vez porque se han dado un atracón de chocolate, ¿verdad? ¡Glotones! Pero seguro que a ninguno le ha ocurrido nunca que esos horripilantes puntitos fueran... ¡azules! ¿A que no?

En cambio a Rebecca vaya si le pasó, igual que a la hija del barón, unos cuantos siglos atrás... Y así es como por su culpa me tocó utilizar el celular (¿cómo hacen para escribir tan rápido con los pulgares?), recorrer de noche castillos llenos de fantasmas y conocer a un doctor muy distraído y encima muy... ¡muerto!

¿No han entendido nada?

Me lo imagino. ¡Ni yo mismo, que he vivido esta aventura de locos, he entendido palabra!

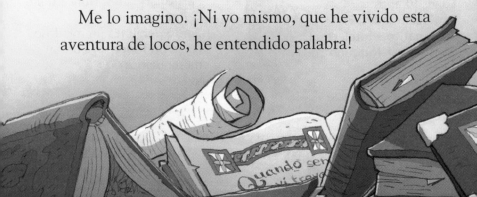

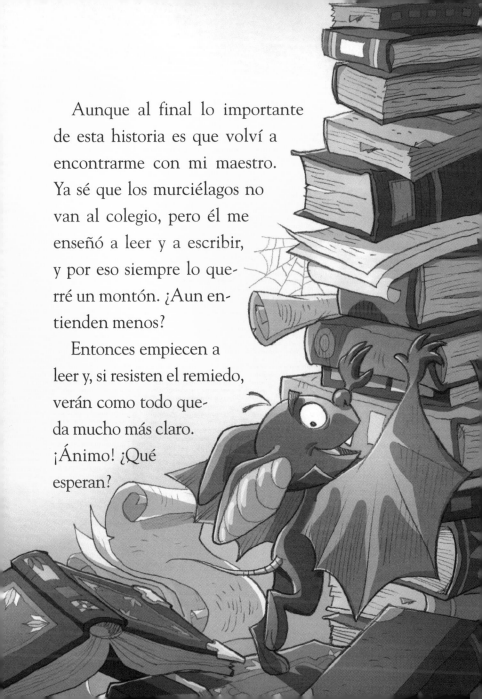

Aunque al final lo importante de esta historia es que volví a encontrarme con mi maestro. Ya sé que los murciélagos no van al colegio, pero él me enseñó a leer y a escribir, y por eso siempre lo querré un montón. ¿Aun entienden menos?

Entonces empiecen a leer y, si resisten el remiedo, verán como todo queda mucho más claro. ¡Ánimo! ¿Qué esperan?

1

UN CARTERO DESASTROSO

ra una tranquila, gris y soñolienta mañana de domingo.

En casa Silver, todos dormíamos como murciélagos. Todos menos la superdinámica Rebecca, que estaba de pie desde las siete y ya había hecho gimnasia, se había dado una ducha de agua caliente y fría, había tomado un desayuno extravitamínico e incluso había hojeado el *Eco de Fogville*. ¡Impresionante!

Cuando estaba a punto de entrar en casa, vio en el cielo una paloma medio pelada que estaba perdiendo altura peligrosamente. La pobrecita intentaba frenar agitando las alas como una loca, pero terminó estampada como un higo contra la puerta de nuestra casa, en *Friday Street, 17*. Un error de principiantes: la maniobra de frenado es una de las primeras cosas que me enseñó mi primo Ala Suelta, el que vuela en la patrulla acrobática. Rebecca, la mejor amiga de los animales, hizo una mueca de dolor, como si hubiese sido ella la que se hubiera dado contra la puerta, y corrió en su ayuda. Sorprendentemente, el pájaro se puso de pie con una torpe voltereta y miró a su alrededor como si acabara de aterrizar en un planeta desconocido.

—Eh, pequeñita, ¿te has hecho daño? —le preguntó Rebecca sonriendo.

El animalito dio un respingo al oír su voz, pero después levantó la patita izquierda todo lo que pudo, lo que le hizo perder el equilibrio y caer de espaldas. Ella la tomó delicadamente entre sus manos y vio que tenía un rollito de papel amarillento atado a la patita. ¡Era una paloma mensajera! Un antiguo medio de comunicación. ¿Quién la habría enviado?

En el rollito ponía: «Para Ba-Bat».

—¿Ba-Bat? —se asombró Rebecca, desenganchando el rollito de papel de la pata—. ¿«Nuestro» Bat?

Por toda respuesta, el pájaro se puso a dar saltitos como un canguro, tomó carrera y, finalmente, despegó como lo habría hecho un piloto borracho. Rebecca lo siguió con una mirada de preocupación hasta que se convirtió en un puntito oscuro y desapareció en el horizonte.

Naturalmente, yo no vi nada de todo esto porque estaba colgado boca abajo en una de las vigas de mi desván y «flotaba» en el mundo de los sueños. Me lo contó Rebecca cuando apareció como un huracán en mi desván, despertándome con un agudo:

—¡Correo para Ba-Bat! ¡Correo para Ba-Bat!

Yo odio que me despierten de sopetón, y más aún si lo hacen a gritos, pero en cuanto oí pronunciar aquel nombre, abrí los ojos de par en par: solo había una persona en el mundo que me llamara «Ba-Bat», y no me había escrito en su vida.

2
PAÑUELOS LLENOS DE LÁGRIMAS

e hice leer el mensaje a Rebecca porque el sueño aún me impedía enfocar la vista. Decía así:

Querido Ba-Bat:

Si estás leyendo estas líneas, eso significará que el viejo Gedeón ha logrado llegar hasta tu desván.

Desde hace unos meses están ocurriendo cosas extrañas en mi biblioteca: ¡alguien se divierte revolviendo los libros en plena noche y desparramándolos por los pasillos!

Pero ayer por la noche los acontecimientos se precipitaron: ¡me encontré una sala entera patas arriba e incluso había desaparecido el famoso tratado del año setecientos El arte de la hidráulica, de Fritz Mineralvasser!

El director se ha puesto hecho una furia, dice que soy demasiado viejo para este trabajo y amenaza con despedirme si el libro no aparece.

Por eso he pensado en ti: tal vez entre los dos podamos descubrir quién es el facineroso que se divierte a mis espaldas, y entregarlo a la justicia.

¡Ven lo antes posible, pequeño Ba-Bat, o estaré perdido!

Tu viejo y desesperado maestro,

Arthur

Cuando Rebecca levantó la vista del papel, yo estaba llorando a moco tendido.

—¡Eh, Bat! ¿Qué te pasa? ¿Quién es Arthur?

Hipaba con tanto ímpetu que no pude contestar. Pero en cambio conseguí despertar a Leo y Martin que, al oír mis lamentos, subieron corriendo al desván.

—¿Qué ocurre? —preguntó Martin, poniéndose los anteojos.

Su hermano, que tenía todo el aspecto de un oso panda recién caído del árbol, exclamó:

—No nos habremos quedado sin desayuno, ¿verdad?

—¡Basta ya, Leo! —le riñó Rebecca—. Ahora, Bat, cálmate y explícanos todo. ¿Quieres?

Tomé un pañuelo de papel de sus manos, me soné la nariz y empecé a contárselos:

—¿Recuerdan que les dije que de pequeño vivía en la buhardilla de una vieja biblioteca? ¿Y que por las tardes bajaba a escondidas para escuchar al bibliotecario cuando les contaba cuentos a los niños? ¿Y que nos hicimos amigos y, gracias a él, aprendí a leer y a escribir?

—Quieres decir que el viejo bibliotecario... —se adelantó Rebecca.

—¡Es precisamente Arthur! —dije, empezando a hipar otra vez—. ¡Al parecer está en un aprieto, pobre amigo mío! ¡Y me ha pedido ayuda! Debo reunirme con él, enseguida.

—¡Cálmate, Bat! —me tranquilizó Martin—. No nos precipitemos. Quizá podamos darte una mano. ¿Dónde vive ese tal Arthur?

—En Castlerock, no muy lejos de aquí.

—¿Castlerock? ¿El Castillo del Espectro?

—Exacto.

—¡Eh!, ¿de qué se trata todo esto? —saltó Leo—. ¿Todavía no hemos comido ni un trozo de pan y ya estamos hablando de espectros?

—Solo es una leyenda, Leo. Si quieres, te la explico... —propuso Martin.

—¡Ni hablar! Ya me han molestado despertándome, ¡no me van a arruinar también el desayuno! A ver, Bat, ¿puedes esperar media hora antes de ir a meterte en líos?

—Supongo que sí. ¿Por qué?

—¡Porque no puedes irte hasta que se haya cargado tu Bat-Móvil!

3
MURCIÉLAGOS
CON CELULAR

e preguntarán qué es un Bat-Móvil. ¡Pues un teléfono celular en miniatura para murciélagos! La última diablura que Leo ha inventado para mí.

—Así podremos seguir en contacto contigo aunque estés lejos —dijo Leo—. ¿Qué te parece?

—Pues... ejem... ¿Cómo funciona?

Leo me lo explicó y, dos minutos después, ¡me convertía en el primer murciélago de la historia que podía enviar «mensajes»! Y es que, como bien dice mi hermanita Bechamel: «Renovarse... ¡o dormir!».

—Llámanos en cuanto llegues —me pidió Rebecca.

—Nosotros intentaremos reunirnos contigo lo antes posible —prometió Martin.

Los abracé y emprendí el vuelo.

Castlerock apareció ante mis ojos cuando la noche ya caía sobre sus muros. Apenas sentía las alas. El sol terminaba de ocultarse tras las colinas. Sobre la cima de un pequeño montículo se recortaba la enorme figura del Castillo del Espectro, y a su alrededor las casas del pueblo parecían un montón de polluelos bajo las alas de una gran gallina clueca. (¿Soy o no soy un escritor extraordinario?)

Reconocí enseguida el edificio de la biblioteca. ¡Mi viejo hogar! Y me dirigí hacia la única ventana en la que todavía había luz: Arthur estaba delante de una estantería completamente revuelta y recogía los libros del suelo mientras sacudía la cabeza con tristeza. Sobre su hombro dormía el viejo Gedeón, indiferente.

Di unos golpecitos en el cristal. Arthur me vio, abrió la ventana y me abrazó hasta casi desarmarme. Cuando me soltó, tenía los ojos húmedos.

—¡Ba-Bat! ¡Qué alegría verte después de tantos años! Deja que te mire: vas vestido a la última moda.

—Todo el mérito es de Rebecca. Te he hablado por carta de la familia Silver, ¿te acuerdas?

—Desde luego: los tres chicos con los que vives. ¡Gracias por venir! ¡Muchas gracias!

—¿Creías que iba a dejarte en la estacada, después de todo lo que has hecho por mí? Atraparemos a ese bandido. ¡Te lo prometo!

—¡Dios lo quiera! ¡Mira qué desastre! ¡Y cada noche es peor! Pero estarás cansado, ¿quieres comer algo?

—¿Sigues teniendo aquellas galletas de arándanos? —le pregunté instintivamente.

—¡Pues claro! —exclamó el bibliotecario, señalándome la vieja lata que tan bien recordaba. Di un mordisco a la galleta y, de repente, me pareció volver a mi infancia, cuando me pasaba horas en aquella sala escuchando a Arthur mientras leía.

Solo faltaba una cosa, y la pregunta salió de mi boca sin siquiera darme cuenta:

—Arthur, ¿me cuentas un cuento?

4

ÉRASE UNA VEZ...

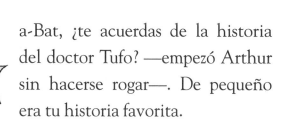

a-Bat, ¿te acuerdas de la historia del doctor Tufo? —empezó Arthur sin hacerse rogar—. De pequeño era tu historia favorita.

Su verdadero nombre era, en realidad, doctor Alan M. Biccus. Era un hombre muy distraído, pero tenía fama de ser un magnífico médico. En cuanto el barón Mac Therry, el propietario del castillo de Castlerock, oyó hablar de él, lo eligió como médico personal. Alan M. Biccus tenía un ayudante, un tal

Rodrigo, aparentemente devoto y sumiso, pero que en realidad siempre había estado tramando a espaldas del maestro para quitarle el puesto.

Por aquella época la hija del barón Mac Therry, la encantadora Greta, estaba en edad de casarse. Pero entonces contrajo una odiosa enfermedad de la piel, la escrofulosis mirtilina: de repente, su cara se cubrió de… ¡granitos azules! Los numerosos médicos a los que acudió su madre probaron los remedios más extraños: compresas calientes de piel de serpiente, cremas a base de mostaza y pelos de carnero, baños helados de batido de arándanos… Pero los puntitos de Greta siguieron azules. Entonces, el barón hizo llamar a Alan M. Biccus y le dijo: «Si consigues curar a mi hija, te cubriré de oro».

El doctor visitó a Greta, después se encerró en una habitación con

su ayudante y se pasó toda la noche trabajando. Sin embargo, el intento de cura terminó mal: primero, Greta se puso de un vivo color verde salvia; después, de un marrón castaño y, al final, completamente… ¡AZUL! El barón enfureció, hizo encerrar al doctor en la prisión de la torre y ordenó ocultar el rostro de su hija tras un velo oscuro. Pero unos días después, Rodrigo se presentó ante él y le dijo:

—Señor, he encontrado el remedio para su hija.

—¿Y cómo puede estar seguro? —le replicó el barón, desafiante.

—Instinto de médico.

—¿Y si no funciona?

—Entonces podrá encerrarme en la prisión a mí también. Pero si tengo éxito, me nombrará su nuevo médico de familia. ¿Trato hecho?

El barón lo pensó y al final aceptó la propuesta. E hizo bien, porque el remedio fue un éxito: Greta se curó completamente y Rodrigo, como habían acordado, ocupó el puesto del pobre doctor Tufo. Este, en cambio, permaneció en la torre marchitándose hasta el final de sus días, y desde entonces su fantasma vaga por el castillo sin encontrar la paz.

—¿Te ha gustado, pequeño Ba-Bat?

Les juro que le habría contestado que sí con entusiasmo, pero entre la cálida voz de Arthur y el cansancio del viaje, cuando la historia llegó a su fin, yo ya estaba roncando como un oso en hibernación.

Arthur me tapó amorosamente con su chaqueta y siguió acomodando sus viejos libros.

5

CÓMO «TRABAJARSE» A PAPÁ

n enorme alboroto me despertó en plena noche. Ruido de pasos corriendo, golpes, y la voz de Arthur gritando: «¡Detente! ¡Da la cara! ¡Cobarde! ¡Detente!»

Volé hasta él en un santiamén y lo encontré delante de un viejo armario-vidriera abierto de par en par y vaciado de mala manera. ¡El misterioso visitante nocturno había atacado de nuevo!

Aquella noche le envié a Leo el primer mensaje «animal» de la historia:

VENGAN LO ANTES POSIBLE.

¡SOS!

Ayudé a Arthur a colocar todos los libros en su lugar y después le dije que se fuera a dormir, junto con
Gedeón. Me quedé de centinela, haciendo guardia
toda la noche, y aproveché para dar una vuelta por
nuestra antigua buhardilla: ¡cuántos recuerdos!

A la mañana siguiente, un repiqueteo del Bat-
Móvil me trajo la respuesta de Martin. «ESTAMOS
DELANTE DEL CASTILLO. VUELA. VISITA GUIA-
DA EN DIEZ MINUTOS.»

¡Había subestimado el poder de persuasión de
aquellos tres chicos! Desde la noche anterior habían
empezado a «trabajarse» al pobre señor Silver, que
ya soñaba con un tranquilo fin de semana en el sofá.

—Papá —atacó Rebecca—, nunca nos has lleva-
do al Castillo del Espectro de Castlerock. ¿Y si vamos mañana?

—¡Hace años que quiero ir a verlo! —insistió Martin—. ¡Edgar Allan Papilla ha ambientado allí *La cara azul-arándano*, un cuento fantástico!

—¡Qué buenos son los arándanos! —exclamó Leo, que como siempre solo pensaba en comer.

Inesperadamente, la señora Silver se mostró de acuerdo:

—A mí me parece una buena idea, George. Y además, este fin de semana todos los hoteles de la zona están de oferta: los niños menores de doce años no pagan. ¿Qué te parece?

El pobre hombre terminó aceptando con resignación la voluntad de la mayoría; sin embargo, cuando al llegar me vio planear hacia ellos, no se lo tomó muy bien.

—¿Bat Pat está aquí? ¿Qué es todo esto? ¡Seguro que tú estabas al corriente, Elizabeth!

—Pero George, te aseguro que yo...

—Es todo culpa mía, señor Silver —le expliqué yo—. Les he pedido a los chicos que vinieran al castillo.

—¿Y se puede saber por qué?

—Porque... ¡porque quería que conocieran el lugar donde vivía de pequeño! —contesté, con la sonrisa más sincera que pude. Ya lo sé, puede que no fuera precisamente la verdad, pero no podía decirle que los había hecho venir para atrapar a un ladrón de libros, ¿no?

El señor Silver dijo algo entre dientes. Después, afortunadamente, apareció el chico que nos tenía que hacer de guía y empezó la visita al castillo.

6
LA FUENTE
DE LOS ESTORNUDOS

scondido como siempre en la mochila de Rebecca, para no asustar a los turistas (¿acaso impresiono tanto?), escuchaba atentamente las palabras del guía: «El castillo en el que nos encontramos fue construido en el siglo XIII, pero se reformó totalmente entre 1733 y 1735, después de que lo adquiriese el barón Mac Therry...».

Cruzamos el gran jardín entre salpicaduras de agua, fuentes y cascaditas, y finalmente nos detuvi-

mos ante una enorme caracola de mármol rosa desde la que el agua caía en cascada en una fuente aún
mayor. ¡Era magnífica!

—Los fantásticos efectos de agua que ven —explicó el guía— eran una auténtica pasión para el barón Mac Therry. A esta, en particular, la llamaban
«La fuente de la eterna juventud».

—¿Y funciona? —preguntó Leo, inclinándose sobre ella.

—No sabría decírtelo —bromeó el guía—. Lo que se sabe a ciencia cierta es que fue el doctor Tufo, en persona, el que proyectó esta fuente y las otras que ve...

Antes de que el chico pudiera terminar la frase, Leo cayó en la fuente, provocando una espectacular lluvia que alcanzó a muchos de los presentes.

—Per... perdonen... pfu... —balbuceó, intentando incorporarse—. Solo quería... pfu... beber un sor-

bito de agua.... lo justo para seguir joven... aaa... ¡¡¡atchís!!!

Lo sacó trabajosamente de la fuente y lo ayudó a secarse, mientras nosotros apenas podíamos contener la risa. Después nos dirigimos a la escalera de caracol que llevaba a la famosa prisión de la torre. Nuestro guía nos explicó la triste historia del doctor Tufo, agradablemente interrumpida por los sonoros estornudos de Leo. Cuando llegamos al final de la escalera, se detuvo frente a una vieja puerta cuya tronera estaba protegida por unos gruesos barrotes de hierro.

—La habitación que podrán ver tras los barrotes —explicó— era en un principio el laboratorio del doctor Tufo. La transformaron en prisión por orden del barón, y el médico permaneció encerrado allí hasta el final de sus días. Se dice que la humedad era tal, que un moho apestoso terminó cubriéndolo de la cabeza a los pies: ¡de ahí su nombre! Según la leyenda, su fantasma aparece cada noche y vaga por el castillo gritando y lamentándose...

—No me extraña —comentó Leo—. ¡Habrá terminado con reuma, en este cuchitril!

Logré dar un vistazo a aquella habitación húmeda y oscura: había una cama, varias estanterías llenas de libros y una mesa cubierta de frascos, alambiques y vasijas llenas de polvo y líquidos enmohecidos, todo envuelto en una maraña de telarañas. ¡Puaj, qué asco!

—Naturalmente —añadió el guía, riendo—, solo es una leyenda. ¡Les puedo asegurar que, si pasan la noche en Castlerock, dormirán tranquilos!

Yo, sin embargo, no estaba tranquilo en absoluto y, estornudos de Leo aparte, algo me decía que aquella noche ninguno de nosotros pegaría un ojo.

—¿Alguna pregunta? —dijo el guía.

Yo tenía un montón, pero no estaba seguro de que el guía estuviera dispuesto a contestarle a un murciélago parlante que repentinamente sacaba la cabeza de la mochila de una chica.

Y además ya era hora de que los hermanos Silver conocieran a Arthur...

7

CÓMO SE ATRAPA UNA GALLINA

on la excusa de ir al hotel para cambiarse de ropa, Leo, Rebecca y Martin se despidieron de los señores Silver y prometieron volver puntuales para la cena.

Leo hubiera ido más que gustoso a quitarse la ropa húmeda que llevaba puesta y no se quejó poco cuando los llevé a los tres hacia la biblioteca.

—¡Tengo mojada hasta la ropa interior! —protestó.

—¡No hay tiempo! —le contestó Rebecca—. Tenemos que encontrarnos con Arthur antes de que mamá y papá vuelvan.

Arthur ya nos estaba esperando frente a la puerta de la biblioteca, con el viejo Gedeón adormecido en su hombro.

—¡Entren, chicos! —dijo—. ¡Los amigos de Ba-Bat son mis amigos!

—Menos mal... ¡¡¡atchís!!! —contestó Leo.

Nos hizo acomodarnos, nos ofreció té y galletas de arándanos y explicó la situación a los hermanos Silver.

—Solo tenemos que hacer una cosa —concluyó Martin, sin alterarse—: sorprender a ese tipo en plena acción.

—¿Creen que no lo he intentado? —replicó Arthur—. Pero perseguir a un ladrón a mi edad no es como atrapar una gallina...

—Pues yo preferiría atrapar una gallina... —refunfuñó Leo con la boca llena.

—No se ofenda, señor Arthur —dijo Martin, limpiando sus empañados anteojos—, pero usted lo ha intentado solo. Nosotros somos cuatro y además uno puede volar...

¡Qué bien me caía Martin cuando hablaba así de mí! Pero me preocupaban un montón sus anteojos. Ahora ya lo sabía: «¡Anteojos empañados, problemas asegurados!».

—¿Y si ese loco nos maltrata como

45

a los libros? —intentó objetar Leo—. Yo ya estoy resfri... ¡atchís!

—Está decidido —zanjó Martin—. Nos encontraremos exactamente a las doce menos cinco delante de la biblioteca. Arthur nos abrirá la puerta y después la cerrará cuando hayamos entrado. Todas las demás puertas y ventanas tendrán que estar cerradas por completo.

—Pero... —gimoteó Leo— ¡será imposible salir!

—¡Y también lo será para el ladrón! —sonrió Martin, triunfante.

Llegamos al hotel justo antes que los señores Silver. Leo pudo cambiarse a tiempo para la cena y, luego, darse un atracón.

Yo, siempre escondido en la mochila de Rebecca, mordisqueaba satisfecho los bocaditos que ella me pasaba.

A las 10:30 de la noche nos fuimos todos a la habitación, con la excusa de que estábamos muy cansados.

A las 11:45 salimos del hotel pasando «casi» inadvertidos (¡si al menos Leo hubiera parado de estornudar!).

A las 11:55, Arthur nos hizo entrar en la biblioteca.

A medianoche en punto empezó la... ¡caza del ladrón!

8

PERSIGUIENDO AL ESPECTRO VERDE

ecidimos ir a oscuras, pero al tercer tropezón de Leo abrí mi Bat-Móvil y, volando silenciosamente delante de ellos, los guié con la luz azulada de la pantalla.

—Ya pueden agradecer otra vez mis inventos —dijo Leo—. ¡Atchís!

—¡Basta, Leo! —lo regañó Rebecca—. ¡Por tu culpa...!

—¡Chist! —ordenó Martin—. Ahí al fondo hay alguien... ¡Miren!

Al fondo del pasillo que estábamos recorriendo se distinguía una débil luz.

—¿Qué... qué es eso? —balbuceó Leo.

—Es difícil decirlo —contestó Martin—. Alguien debería acercarse a mirar. Yo propongo que sea...

—Yo, ¿verdad? —Suspiré resignado. —Como soy pequeño y sé volar y bla, bla, bla... ¡Ya voy, ya voy!

No me entusiasmaba correr el riesgo de toparme con un maleante, así que volé a ras del techo, utilizando la famosa técnica de «batir de alas del gorrión», el vuelo más silencioso que existe.

Fue mi corazoncito el que empezó a retumbar como un tambor cuando vi a una criatura verde fosforescente que, a diez pasos de mí... ¡flotaba en el aire! Llevaba un viejo gabán, unos zapatos rotos con las hebillas herrumbrosas, un sombrero de tres picos aplastado y dos lunitas de cristal montadas sobre la nariz, de la que colgaba un fleco verde igual que la capa «musgosa» que lo cubría casi de la cabeza a los pies.

«Pero si es... ¡un fantasma!», pensé, con un escalofrío.

Sacaba un libro tras otro, lo hojeaba a toda velocidad, repitiendo: «¡Dónde lo habré metido... Dónde lo habré metido!», y después lo tiraba al suelo.

En ese momento, sonó mi Bat-Móvil: ¡por todos los mosquitos! ¡Un mensaje de Leo preguntándome dónde estaba!

El espectro se asustó, luego me vio y me preguntó:

—¿Rodrigo? ¿Eres tú?

Después, sin esperar mi respuesta, me tiró el libro encima y se fue volando. Yo me lancé en su persecución y los hermanos Silver me vieron e hicieron inmediatamente lo mismo . (Bueno, Leo «casi» inmediatamente...)

Mientras me impulsaba al máximo con el tristemente famoso «vuelo en zigzag», oía las voces de mis amigos: «¡Sea razonable, no tiene forma de salir de aquí!» (esta era la voz de Martin); «¡No queremos hacerle daño» (esta, la de Rebecca); «Se lo suplico, me va a estallar el bazo!» (esta, seguramente, la de Leo). Evidentemente, no terminaban de comprender la situación...

De repente, Rebecca se lo encontró delante de las narices. Intentó cerrarle el paso con valentía, pero el tipo, que era un espectro (¡triste mundo, cómo podían no darse cuenta!), pasó a través de ella profiriendo amenazas: «¡Que te agarre la escarlatina, la tos convulsa, la escrofulosis mirtilina!».

Después se dirigió al piso de arriba. Martin y yo lo seguimos. Cuando se vio acorralado en una esquina, giró y nos soltó un par de simpáticos deseos: «¡Que se les caigan las orejas y la lengua se les vuelva verde! ¿Qué quieren de mí?».

—Solo queremos ayudarlo... —contestó Martin que, a juzgar por su cara, estaba empezando a darse cuenta de que no se trataba de un ladrón cualquiera.

—¡Nadie puede ayudarme! ¡Nadie!

Después atravesó la pared que había frente a él y desapareció. Martin me miró, pasmado.

—Pero si eso era...

—¡Un fantasma! —contesté, incapaz de contenerme por más tiempo.

Retrocedimos abatidos y encontramos a Leo sosteniendo a Rebecca: la pobrecita estaba pálida, temblaba como una hoja y se estaba llenando de puntitos.

9

UNA ENFERMEDAD ¡FANTÁSTICA!

o entiendo nada... —admitió el médico del centro de primeros auxilios al que llevamos a Rebecca a la mañana siguiente.

A los señores Silver, evidentemente, no les habíamos contado nada de lo sucedido la noche anterior, por lo que creían que aquellos puntitos eran una especie de sarampión.

—Será mejor que le dé un vistazo un colega mío. Discúlpeme, voy a llamarlo de inmediato.

Poco después se presentó un tipo sonriente, pequeño y rollizo con el cabello y la barba pelirrojos.

—Encantado, soy el doctor Greg Mac Biccs.

En cuanto lo vi, mi primer instinto fue salir de la capucha de la campera de Leo: ¡su cara era idéntica a la del fantasma! Y aquel apellido, Mac Biccs... ¡Pues claro! Apenas pude controlarme.

El joven médico, al ver los puntitos que Rebecca tenía en la cara, abrió los ojos de par en par.

—Pero si son... ¡azules! ¡Es fantástico!

—¿Me puede decir qué es lo que le parece tan fantástico? —le preguntó Rebecca, enojada.

—¡Oh, disculpa, querida! —sonrió él—. ¡Es el primer caso que veo y estoy un poco emocionado!

—¿El primer caso de qué? —inquirió la señora Silver.

—¡Del «mal azul»! Una de las enfermedades infecciosas más antiguas y raras. Antiguamente la llamaban «escrofulosis mirtilina», pero se creía que había desaparecido hacía tiempo.

¡Por el sónar de mi abuelo! ¡Era la misma enfermedad de la que había hablado Arthur! Ahora ya no tenía ninguna duda. Esperé a que se llevaran a Rebecca de la habitación, acompañada de los señores Silver, y después expuse mis conclusiones.

—¡Les digo que este hombre es un pariente lejano del doctor Tufo!

—¿Por qué lo dices? Yo no he olido a podrido —bromeó Leo.

—¿No han notado cierta semejanza con el fantasma de ayer? Además, Arthur me contó que el verdadero nombre del doctor Tufo era Alan M. Biccus —expliqué—. Miren esto...

Tomé una hoja de papel y escribí (¡qué suerte saber escribir, a veces!):

—¡Es verdad! ¡Bat, eres un genio! —dijo Martin.

—Y la enfermedad de Rebecca es la misma que la de la leyenda —añadí—. Ya lo han oído: ¡es una enfermedad que se consideraba erradicada!

—Ah, sí... —dijo Leo con seguridad—. ¡La escarabajosis azulina!

—Solo podemos hacer una cosa —concluyó Martin—: preguntárselo directamente a él.

Martin buscó al médico por los pasillos y, en cuanto lo vio meterse solo en un ascensor, hizo lo propio, seguido inmediatamente del dubitativo Leo.

—Hola, chicos, ¿se han perdido? —preguntó Mac Biccs, sonriendo—. ¿Puedo ayudarlos?

—Tal vez sí —replicó Martin, con decisión—. Estamos buscando a un pariente del doctor Alan M. Biccus. ¿Lo conoce usted, por casualidad?

El médico abrió los ojos de par en par. Después sonrió de nuevo y dijo:

—Vengan a mi despacho.

Cuando me vio a mí, que había salido de la capucha de Leo, añadió:

—¡Qué hámster tan lindo!

10

LA MIRTILOSIS ESCROFULINA

onidos y ultrasonidos! ¡Un hámster! Pero ¿dónde tenía los ojos aquel hombre?

Lo seguimos hasta su despacho. Nos dijo que nos pusiéramos cómodos y después fue tan directo como Martin:

—Pues sí, soy un sobrino nieto del doctor Alan M. Biccus. Solo hace unos meses que he llegado a Castlerock y, para mantener mi identidad en secreto, me he cambiado el apellido. Estoy intentando averiguar la verdadera historia de mi tío abuelo: hay algo que no me convence. Pero puede que sea mejor que primero me cuenten lo que saben ustedes...

—¿Le importa que le demos la palabra a nuestro... hámster? —rio Leo, poniéndome sobre sus rodillas.

—¡Dios del cielo! —exclamó el médico—. ¡Pero si es un murciélago!

—Un murciélago *sapiens*, si no le molesta —repliqué yo, ofendido.

—¡Y además habla!

—Teniendo un pariente fantasma, estará habituado a las cosas extrañas... ¿Me equivoco? —dije yo.

Mientras me miraba alucinado, le hablé de Arthur, de los robos en la biblioteca y de la historia que me había contado mi viejo maestro la noche anterior. El médico asentía a cada frase y, cuando mencioné la «escrofulosis mirtilina», ¡dio un respingo en su silla!

—¡Así que mis informaciones eran correctas! Y es la misma enfermedad que tiene ahora su hermana. ¡Qué locura!

—Puede que no tanto —lo corrigió Martin—. Debe saber que ayer por la noche tuvimos un «cara a cara» con su tío abuelo...

—Y que, mientras Rebecca intentaba detenerlo —seguí yo—, le profirió toda suerte de amenazas...

—¡Me acuerdo perfectamente! —intervino Leo—. Le gritó: «¡Que te agarre la escarlatina, la tos convulsa y... la mirtilosis caracolina!». Al menos eso creo...

—Entiendo... —dijo el médico, pensativo—. Intentaré curar a su hermana. Pero me iría bien la ayuda de ustedes...

—¿Qué quiere decir? —preguntó Martin.

—Estoy convencido de que a mi tío abuelo lo encerraron injustamente, y de que había encontrado la fórmula para curar a la hija del barón, pero que, como era muy distraído, seguramente la perdió o la escondió en algún lugar. ¡Y yo quiero encontrarla! Por eso la ayuda de ustedes me resultará muy valiosa, y la de su amigo Arthur también.

De repente, un ruido en la ventana nos sobresaltó: Gedeón yacía medio inconsciente en la repisa. Traía, por así decirlo, un mensaje de Arthur:

¡Reúnanse conmigo en la biblioteca!
¡No darán crédito a sus ojos!

11

CÓMO PULVERIZAR UNA PARED

rthur nos esperaba impaciente.

Sin darnos tiempo a recuperar el aliento, se dirigió a grandes pasos hacia una escalera secundaria y se detuvo ante un viejo armario de madera. Los libros estaban desparramados por el suelo, como siempre, pero Arthur no parecía preocupado...; en vez de eso, sonreía. Y no paraba de repetir: «¡Lo sabía, lo sabía!».

Entonces nos dimos cuenta de que en el fondo del armario había una puertita de madera muy bien

oculta. Arthur encendió una linterna y nos invitó a seguirlo. Tras la puerta había una escalerita que subía a lo largo del grueso muro del edificio. Ninguno de nosotros sabía adónde llevaba, excepto Arthur, que no paraba de mascullar:

—Sabía que tenía que haber un pasadizo...

Llegamos al final de los escalones. Una pequeña puertita nos impedía continuar.

—¿Saben qué hay ahí detrás? —preguntó Arthur, acrecentando nuestra curiosidad.

—Tengo una ligera idea... —intervino el cerebrito de Martin.

Pero Leo lo interrumpió.

—¿Podemos dejar las adivinanzas para después? Esto es peor que una ratonera...

Arthur abrió la puertita y nos encontramos ante... ¡una hermosa pared blanca y compacta!

—¡No es posible! —exclamó Arthur, desconcertado—. ¿Y ahora qué hacemos?

—¡Tirar la pared abajo! —repliqué yo, con decisión.

—¡Buena idea! —bromeó Leo—. Déjame ver si llevo un taladro en el bolsillo...

—No hace falta —le dije, apoyando la oreja contra la pared y dando golpecitos con los dedos—. Solo hay que encontrar... ¡el punto débil!

Entonces hice una pirueta, di una patada con decisión y... la pared se desmenuzó ante los pasmados ojos de mis amigos.

—¿Dónde has aprendido eso? —quiso saber Leo.

—Es un viejo truco de mi primo Ala Suelta: él lo llama «El toque del maestro albañil».

Cuando el polvo se dispersó, nos encontramos ante otra puertita de madera que no se abría hacía siglos. Nosotros pudimos abrirla y ¿saben dónde nos encontramos? ¡En el laboratorio del doctor Tufo! O sea, en la celda de la torre, que, afortunadamente, no tenía horario de visitas.

—¿Cómo es posible que nadie haya descubierto antes este pasadizo? —quiso saber Martin.

—En los archivos —explicó Arthur— hay documentos en los que se asegura que había pasajes directos entre algunas habitaciones del castillo y la biblioteca. Evidentemente, uno de ellos llevaba al laboratorio del doctor, antes de que se convirtiera en su prisión.

—¡Es verdad! El guía dijo que encerraron al doctor en su laboratorio —asintió Martin—. Pero para

impedir que huyera debieron tapiar el pasadizo que
iba a la biblioteca.

—Y entonces él escondió esto dentro... —añadió
Leo, sacando de una grieta un pequeño cuaderno y
soplando para quitarle el polvo.

En la cubierta ponía:

Diario de un prisionero

12

¡TRAICIÓN!
¡TRAICIÓN!

eberían haber visto la cara de Arthur! Lloraba de alegría:

—¡Pero si es el diario del doctor Tufo! ¡Es un hallazgo sensacional!

Después hojeó sus páginas con gran atención y empezó a leer, transportándonos a todos hacia un lejano pasado, gracias a la magia de su voz:

Quien haya encontrado mis memorias debe saber que las he escondido para evitar que cayeran en manos del cruel barón Mac Therry, que me ha hecho encerrar en esta húmeda prisión. No ha querido creer nunca la verdad y me ha condenado sin haberme escuchado. Tú, que leerás estas líneas, escúchame antes de condenarme...

—¡Se me ha puesto la piel de gallina! —comentó Leo—. ¿Alguien tiene pochoclos?

—Cállate, Leo —lo retó Martin—. Siga leyendo, señor Arthur...

Saben que no fui yo quien intoxicó a la hija del barón, la joven Greta. Alguien intrigó a mis espaldas, alguien que gozaba de mi confianza y que me traicionó por ambición, aunque yo lo quería como a un hijo y le habría transmitido todos mis conocimientos: esa persona responde al nombre de Rodrigo Méndez de la Rodilla, mi ayudante de confianza.

Así fue cómo sucedió todo: una vez identificada la enfermedad de la baronesita como una rara variedad de la escrofulosis mirtilinax, conocida también como «mal azul», pasé una noche en vela en mi laboratorio, asistido incansablemente por mi ayudante Rodrigo. Él mismo aportó sugerencias magníficas para componer la fórmula del medicamento. Después de hacer numerosas pruebas,

por fin encontramos una complicada poción que, estoy más que seguro, habría sido eficaz. Cuando iba a ver a la joven, Rodrigo me detuvo y me sugirió que fuera a anotar inmediatamente la fórmula del medicamento, antes de que se nos olvidara algo. Él mismo llevaría la medicina a la joven. Sin saber qué planes tenía en mente, le dije que era una buena idea; le pedí que diera a Greta solo media dosis y subí a mi laboratorio. Confieso, sin embargo, que estaba tan cansado que recliné la cabeza en la mesa y me dormí. Una media hora después, me despertaron unos gritos desesperados que provenían de la habitación de Greta. Bajé corriendo y descubrí con horror que la piel de su rostro ¡se había vuelto completamente azul! Miré a Rodrigo, que fingía estar tan sorprendido como yo, agarré el vaso con la medicina, aún medio lleno, y volví corriendo al laboratorio para comprobar el contenido: descubrí enseguida que alguien había modificado la poción, y mis sospechas recayeron al instante en mi joven asistente. Cuando estaba a

punto de volver para pedirle explicaciones de lo ocurrido, los guardias del barón irrumpieron en el laboratorio y me arrestaron. De nada sirvieron mis palabras, de nada sirvieron mis acusaciones contra Rodrigo. Cuando, unos días después, él se presentó ante el barón solicitando hacer un nuevo intento para curar a su hija, seguramente utilizó mi fórmula, tuvo éxito y de golpe se convirtió en el médico del palacio y el marido de Greta. Estaba perdido. Sin embargo, logré hacer una cosa antes de que tapiaran el pasadizo que conduce a la biblioteca:

copié en una hoja la fórmula original de mi medicina y la escondí en un antiguo libro.

Búscala por mí, tú que estás leyendo estas líneas, y haz justicia a mi memoria. No tengo otra esperanza.

Alan M. Biccus

—¡Pues entonces la cosa está clara! —exclamó Martin, dándose un bofetón en la frente.

—Ah, ¿sí? —dijo Leo, cruzando los brazos—. ¿Te importaría explicárnoslo a nosotros, los simples mortales?

—Eso es lo que está buscando el fantasma en la biblioteca: ¡la fórmula que escondió entre los libros!

13

UNA BONITA
CARA AZUL

ver, ¿se puede saber dónde se habían metido? —preguntó el señor Silver cuando volvimos al hotel.

—¡Nos tenían preocupados, chicos! —añadió la señora Silver.

—Bat Pat nos ha enseñado... ¡la vieja buhardilla en la que vivía! —mintió Leo.

—¿Cómo está Rebecca? —preguntó Martin, cambiando astutamente de tema.

—Está estable, pero los médicos no encuentran el remedio... —dijo con tristeza la señora Silver.

Comimos en silencio y después volvimos a la habitación, tras avisar que por la tarde iríamos a ver a Rebecca y luego a mi viejo amigo el bibliotecario.

Acompañados de los dulces ronquidos de Leo, intentamos contestar algunas de las cuestiones que nos daban vueltas en la cabeza: ¿por qué el fantasma no encontraba la fórmula que había escondido? ¿Lograríamos nosotros encontrarla? ¿Y sería eficaz contra el «mal azul»?

Ahora, sin embargo, era urgente avisar de inmediato al doctor Greg.

Rebecca se nos adelantó enviándome un mensaje al Bat-Móvil: «Eh, chicos, ¿se han olvidado de mí? Vengan aquí ahora mismo, ¡quiero saber qué están tramando!».

Despertamos a Leo, que dio un salto en la cama mientras juraba que él no se había comido el último buñuelo de crema, y fuimos a ver a «nuestra» hermanita.

—¡A buena hora! —fue su enojado saludo. La pobre Rebecca tenía la cara llena de preciosos granitos azules.

—¿Cómo va la «pitufosis», hermanita? —la saludó Leo.

Rebecca estaba a punto de lanzarle una almohada a la cabeza, cuando entró el doctor Greg.

—¡Precisamente ustedes! —exclamó el médico, al vernos—. ¿Hay novedades?

—Un montón —contestó Martin—. Es posible que tengamos la cura del «mal azul». Proviene directamente de... ¡su tío abuelo!

—¿Quiere alguien explicarme qué está pasando? —protestó Rebecca—. ¡Soy yo quien tiene la cara de color azul!

Les contamos al doctor y a Rebecca lo del pasadizo secreto, el diario y la confesión escrita por el doctor Tufo. Los dos se quedaron estupefactos.

—¡Ya sabía yo que había algo turbio! —dijo exultante el doctor Greg—. ¡Ahora solo hay que encontrar la fórmula!

—¡Qué lástima que en la biblioteca solo haya 30.000 libros! —le recordó Martin.

—¡Y que ni siquiera su tío abuelo haya logrado encontrarla hasta ahora! —añadió Rebecca.

—A mí no me sorprende —intervino Leo—. El otro día perdí una zapatilla y ¿saben dónde estaba? ¡En la heladera!

—De hecho, Arthur me contó que el doctor era un tipo muy distraído... —hice notar yo—. Por lo que sabemos, podría haber escondido la receta... qué sé yo, en una de las lindas fuentes del jardín, en lugar de en un libro...

Martin abrió los ojos de par en par.

—¡Pues claro! ¡Las fuentes! ¡Bat, eres un genio! ¡Vamos, no hay un segundo que perder!

—¡Eh! ¡Yo también quiero ir con ustedes! ¡No vale! —protestó Rebecca al vernos salir a toda velocidad, doctor incluido.

Me hubiera gustado quedarme para hacerle compañía, pero presentía que iban a necesitarme.

14

BATUCHITOOO...

artin, ¿de verdad crees que mi tío abuelo escondió la fórmula en una de las fuentes? —preguntó el doctor, corriendo detrás de él.

—No exactamente —le explicó—. Pero he recordado lo que dijo el guía sobre los efectos de agua que diseñó su antepasado.

—¿Y bien? No entiendo...

—Lo entenderá en seguida. Solo tengo que hacerle una pequeña pregunta a Arthur.

Nos encontramos con el bibliotecario, que nos recibió con expresión preocupada. Martin no le dio tiempo a pronunciar palabra.

—Arthur, ¿en la biblioteca hay libros sobre hidráulica?

—Desde luego, ¡tenemos una sección entera! Está donde descubrimos el pasadizo que lleva a la celda del doctor Tufo.

—¡Estaba seguro! —exclamó Martin, exultante—. Llévanos hasta allí, por favor...

Nos dirigimos a toda velocidad a la habitación. Yo, que siempre vuelo a tres metros de altura, en esta ocasión vi la placa de metal que había sobre la puerta. Decía: «Ciencias hidráulicas».

—¿Está claro ya? —nos volvió a preguntar Martin.

—Adelante, cerebrito —se impacientó Leo—. Déjate de acertijos y dinos qué pasa.

—Si el doctor Tufo diseñó los efectos de agua del jardín del barón —explicó Martin—, eso significa que, además de interesarle la «ciencia médica», también estaba muy interesado en la hidráulica. Por tanto, es normal que viniera a menudo a esta sección de la biblioteca. Por eso creo que puede haber escondido aquí la fórmula que estamos buscando. Y el hecho de que él haya venido a este lugar esta noche me hace ser optimista. ¿Cuántos libros calculas que hay aquí adentro, Arthur?

—Unos mil quinientos.

—Pues ¿qué esperamos? —instó Martin—. Empecemos a buscar.

—¡Un momento! —lo interrumpió Arthur—. Les tengo que dar una mala noticia: dentro de una hora cierran la biblioteca y después nadie, ni siquiera yo, puede quedarse adentro. El director ha hecho instalar un nuevo sistema antirrobo con infrarrojos que justamente entra en funcionamiento hoy.

—Pues adelante —nos animó Martin—. ¡No hay que perder ni un segundo!

¿Se llevan bien con las matemáticas? ¿Cuánto da 1.500 libros divididos entre 4 humanos + un murciélago? ¿Y divididos en 60 minutos? Ya lo digo yo: el resultado es que cuando llegó el vigilante y puso la alarma tras hacernos salir, ¡ninguno de nosotros había encontrado absolutamente nada! Y todavía quedaban un montón de libros por revisar...

Seguimos a Arthur hacia la entrada. Cuando ya estábamos en el vestíbulo, cambió de dirección bruscamente y se metió en una habitación minúscula que había bajo la escalinata, adonde lo seguimos todos. ¡Estábamos como sardinas enlatadas!

—Al menos seguimos adentro —nos dijo, mientras lo mirábamos perplejos.

Poco después, oímos los pasos del vigilante abandonando la biblioteca.

—¿Y ahora qué hacemos? —preguntó Leo, intentando salir de aquel agujero—. ¿Nos tomamos un aperitivo?

—Puede que todavía haya una solución —dijo Martin con resolución—. Batuchitooo...

¡Ya te digo! ¡La solución de Martin, naturalmente, era YO!

—Leo —preguntó el «cerebrito»—, ¿siguen en tu mochila los anteojitos infrarrojos?

—Sí, ¿por qué?

—Porque si se los dejamos a Bat Pat, podría volar por aquí adentro sin hacer saltar las alarmas y seguir buscando nuestra hoja. No deben de quedar más de doscientos libros. ¿Cómo lo ves, Bat? ¿Podrás?

¡Por el sónar de mi abuelo! ¿Doscientos pesados libros para un frágil murciélago como yo?

Pues tengo noticias para ustedes, queridos lecto-res: este frágil murcielaguito se puso los anteojos de Leo, salió volando de debajo de la escalinata esqui-vando los rayos infrarrojos de las alarmas y, una hora después, envió a los otros cuatro un corto mensaje:

¡ENCONTRADO!

15

MEJUNJES
CON SABOR A MOHO

olví bajo la escalinata ondeando la hoja como una bandera.

De hecho, ya lo decía mi bisabuelo Gallardo: «¡Si tienes miedo, vuela ligero!».

El doctor Greg se puso a examinarla y, mientras se le iluminaba el rostro por la sorpresa, una sorpresa aún mayor apareció ante nuestros ojos: una figura verdosa, con la ropa rasgada y enmohecida, se abalanzó sobre el médico gritando a pleno pulmón.

—¡Rodrigo! ¡Traidor! ¿Cómo has podido traicionarme así?

—¡Tío, cálmate! ¡Soy Greg, tu sobrino nieto! ¡Greg Alan M. Biccus! —replicó este, intentando enseñarle su documento de identidad—. ¡Puedo explicártelo todo!

—¿Y qué quieres explicarme? ¡Villano, tramposo! ¡Que se te caigan las orejas!

—¡Hemos encontrado tu diario, tío! ¡Sabemos la verdad! ¡Y también hemos encontrado la fórmula que estabas buscando! —siguió Greg, enseñándole la hoja que acabábamos de encontrar.

El doctor Tufo abrió los ojos de par en par y agarró el pedazo de papel. Después se acurrucó en el suelo y, mirando fijamente la desgastada hoja, murmuró con un hilo de voz:

—¡Más de trescientos años! ¡La he estado buscando durante más de trescientos años! ¿Dónde estaba?

—Eso ya no importa. Tienes que ayudarme a preparar esta poción. ¿Querrás?

—¿Y para quién? Greta ya está a salvo. ¡Rodrigo es rico y famoso! ¿A quién le va a servir?

—Escucha, tío: si me ayudas a preparar este remedio, una persona muy joven podrá curarse. Y yo me

comprometo a explicarle a todo el mundo lo que ocurrió realmente. ¿Qué te parece?

El espectro vaciló unos instantes y, finalmente, tomó una decisión.

—Vengan conmigo a mi laboratorio. ¿Conocen el pasadizo secreto?

—Sí, tío. Pero si vamos hasta allí corremos el peligro de hacer saltar las alarmas.

—No teman —dije, poniéndome de nuevo los anteojos infrarrojos—. Ya me ocupo yo de eso.

—¡Este microquiróptero de ustedes es todo un valiente! —sentenció el doctor Tufo, metiéndose por los oscuros pasillos de la biblioteca.

¡Por si no lo habías entendido, el microetcétera era yo! ¡Nada de hámster! Seguí al doctor Tufo hasta la entrada, indicando a mis amigos cómo esquivar los rayos infrarrojos. Una vez en el laboratorio, asistimos a una escena «fantascientífica»: un viejo fantasma ayudando a un joven médico a mezclar los misteriosos ingredientes que habían permanecido durante siglos en las estanterías de su laboratorio. Cuando el remedio estuvo listo, le dijo a su sobrino nieto:

—Un sorbo cada hora durante las próximas seis horas. Debería ser suficiente...

—Así lo haré —asintió el doctor Greg.

Aquella noche, todo el mundo durmió muy bien; todo el mundo salvo un viejo fantasma inquieto, un joven doctor lleno de esperanza, un murciélago *sa-*

piens y una chica pelirroja que se tomó con gran valentía cada una de las seis dosis de aquel líquido verdoso, repitiendo cada vez:

—¡Qué tufo! ¡Esto es asqueroso!

16

MENSAJES
DE ULTRATUMBA

l día siguiente, domingo, Rebecca le pidió un espejo al doctor Greg y por fin vio reflejado su bonito rostro de siempre. No había rastros de los fastidiosos granitos azules.

Dejo a su imaginación la alegría de los señores Silver. No paraban de besar a su hija y darle las gracias al doctor, hasta que la señora Silver se confundió totalmente: dio las gracias a Rebecca y besó al doctor Greg, que se puso rojo... ¡como si hubiera agarrado el sarampión!

—¿Cómo se ha podido curar tan pronto mi Rebecca? —preguntó el señor Silver.

—¡Digamos que he desempolvado un remedio muy, muuuy antiguo! —contestó el médico con aire misterioso.

—Ah, es lo que yo digo siempre —asintió la señora Silver—. ¡Los remedios de nuestros abuelos siguen siendo los mejores!

Cuando terminaron los agradecimientos, llegó el momento de las despedidas.

—Hasta pronto, doctor Mac Biccs —dijo Martin.

—¡Llámame Mac Biccus! —contestó él—. He decidido que quiero recuperar mi antiguo apellido.

—¿Qué hará con el diario del doctor Tufo?

—¡Ya es hora de que el mundo sepa la verdad! —replicó el doctor—. Escribiré un libro para relatar los hechos y rehabilitar la memoria de mi tío abuelo, como le he prometido. Aunque admito que escribir no es mi especialidad...

—¡Pero es la especialidad de Bat! —reveló Leo—. ¡Él sí que es un escritor extraordinario!

Bueno, el resto pueden imaginarlo solitos.

El doctor insistió mucho en que le ofreciera mi «valiosísima ayuda» y, tres meses después, se publicó *La verdadera historia del doctor Tufo*, que restituyó al viejo médico el honor que había perdido injustamente.

Unos días después recibí un mensaje larguísimo de Arthur. Pero esta vez... ¡en el Bat-Móvil!

¡Hola, Ba-Bat!

Gedeón ya no podía volar hasta tu desván, así que al final yo también me he comprado un celular.

Desde que se fueron, mi vida volvió a ser tan tranquila como antes. El doctor Tufo ha dejado de destrozarme la biblioteca e incluso me ha devuelto el tratado El arte de la hidráulica (¡dice que solo lo tomó prestado porque una de las canillas del baño perdía agua y quería arreglarla!). Yo he vuelto a mi puesto, con las repetidas excusas del director. En Castlerock siguen convencidos de

que «el espectro» continúa vagando y lamentándose por el castillo, pero en realidad prefiere charlar o jugar a las cartas conmigo. Sin embargo, esto es mejor que quede entre nosotros porque, si se corre la voz, ¡adiós a los turistas! A propósito, ayer el doctor Tufo me preguntó cómo funcionaba el celular. Vaya uno a saber lo que tiene en mente.

¡Dales las gracias a tus amigos otra vez en mi nombre y ven a verme pronto!

Tuyo,

Arthur

Hasta aquí, nada raro. Pero ¿qué me dicen del otro mensaje que me llegó ayer?

¡Hola, microquiróptero!

Ya sabía que eras un tipo genial, pero después de leer el libro que has escrito con mi sobrino sobre mí, aún estoy más convencido. Gracias por todo lo que has hecho, *y si alguna vez necesitas un buen médico (¡aunque no te lo deseo!), llámame sin dudarlo.*

Alan M. Biccus

¡Miedo remiedo! ¿Qué harían en mi lugar? ¿Lo llamarían o no?

¡Ya me dirán!

Un saludo «espectral» de su

Bat Pat

ÍNDICE

BAT PAT

NO SE PIERDAN...

¡ADIÓS, AMIGOS!

Bat Pat. El fantasma del doctor Tufo,
se terminó de imprimir en marzo de 2013
en Quad/Graphics Querétaro, S. A. de C. V.,
Fracc. Agro Industrial La Cruz El Marqués
Querétaro, México.